조로리랜드 캐릭터 상품

⊙ 지금은 없어진 '조로리랜드'.
그 캐릭터 상품은 지금 구하기
어려우니 대단히 비싸게
팔릴 것이 분명하다.

삐삐

248-5×5×1

닌자용

⊙ 옛날 전설의 닌자가
통신용으로 사용했다고
전해지는 삐삐다.
이것도 역사적 가치가 있다.

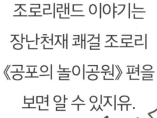

조로리랜드 이야기는
장난천재 쾌걸 조로리
《공포의 놀이공원》편을
보면 알 수 있지유.

일회용 손난로

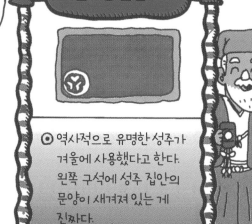

⊙ 역사적으로 유명한 성주가
겨울에 사용했다고 한다.
왼쪽 구석에 성주 집안의
문양이 새겨져 있는 게
진짜다.

장난천재 쾌걸 조로리

⑰ 닌자 수업

하라 유타카 글·그림

조로리는 요괴학교 선생님을 도와준 답례로 이런 공중전화 카드를 받았어요.

이런 우스운 공중전화 카드는 빨리 써 버려야겠어.

이 이야기는 장난천재 쾌걸 조로리 《비실비실 귀신》 편에 자세히 나와요. 하지만 《비실비실 귀신》 편을 읽지 않아도 재밌게 읽을 수 있어요.

조로리 일행은
배가 고파
여느 때처럼
노래를 부를
기운도
없었습니다.

으, 배고파.
아까 저기서
받은 피자
전단지 좀 봐.
다 맛있겠네.
보니까 더
먹고 싶다.

조로리
사부님,
편의점
아르바이트로
모은 돈이
이만 삼천 원
있어유.
딱 피자 한 판
가격이에유.

게다가
요괴학교
선생님한테
받은 공중전화
카드도
아직 안 썼어유.

여기 보세유.
이 전기 제품 가게 옆에
공중전화가 있어유.
이건 분명 피자를 주문하라는
하늘의 뜻인 게 틀림없어유.
어서 주문, 주문해유.

셋의 의견이 모아졌어요.

이시시가 공중전화 카드를 넣고
버튼을 누르려고 할 때였습니다.
전기 제품 가게의 대형 텔레비전 화면에
조로리의 공중전화 카드가
크게 나오는 게 아니겠어요?

"이시시,
잠깐 기다려.
텔레비전을
보라고."

5

네. 하지만 남은 한 장의
전화 카드는 어디 있는지
아직 모릅니다.
만약 그게 사용되거나 망가져서
'꿀뿡 전화 카드'가
단 한 장만 남으면!

남으면?

이 전화 카드의
가격은
반드시
열 배 이상
오를 겁니다!

열, 열 배라면……
십억!

7

조로리는 이시시가 들고 있던

수화기를 급히 빼앗아 전화를 끊었어요.

덕분에 '꿀빵 전화 카드'는

한 번도 사용되지 않은 채로

공중전화에서 튀어나왔습니다.

"후유, 큰일 날 뻔했네.

보물을 그냥 쓰레기로 만들 뻔했잖아."

 "조로리 사부님, 그걸 팔면 피자 한 판이

아니라 이 전단지에 나온 피자 전부

주문할 수 있겠네유."

 "콜라도 같이 부탁드려유."

 "크으윽! 이런 바보들!"

"꿀빵 전화 카드가 지금 겨우 일억이라고?

이 몸은 그까짓 푼돈은 필요 없어.

저 텔레비전에 나온 전화 카드만 잘라 버리면,

이 몸의 전화 카드는

눈 깜짝할 사이에 십억이 된다고!

그 돈으로 조로리 성을 세우고,

너희도 배가 터지도록 피자를 먹게 해 주마."

조로리는 배가
고픈 것도 잊고
눈동자를
반짝거렸습니다.

그 무렵
한 장의
전화 카드를
가진
개굴 씨는
인터뷰를
하고
있었습니다.

그런 중요한
'꿀빵 전화 카드'는
어디에 숨겨
놓으셨나요?

네. 소중한
전화 카드는
말이죠….

전화 카드만
수집해 놓은
제 전시실 한가운데
놓아두었습니다.

어? 그렇게
대놓고
전시해 놓으면
도둑이
훔쳐 가지
않을까요?

개굴 씨
전화 카드 전시실

텔레비전 화면에는
개굴 씨 정원에
숨어들었다가
개에게 쫓기는
조로리 일행의
모습이 나왔습니다.

여기가 개굴 씨의

아무것도
모르는
조로리 일행은
이렇게
무시무시한
방에 들어
가려고 합니다.

☆ 바닥에 거미줄처럼 깔린 레이저 광선에 다리가 닿으면 타고 말지.

앗, 저기 꿀빵 전화 카드가 있어유!

좋았어! 이 가위로 잘라 주겠어!

레이저 광선이 없는 곳을 밟으면

함정에 빠져 삼 미터 아래로 떨어집니다.

☆ 여기에 서면 비밀 장치가 작동하지만 아직은 비~밀!

전화 카드 전시실!

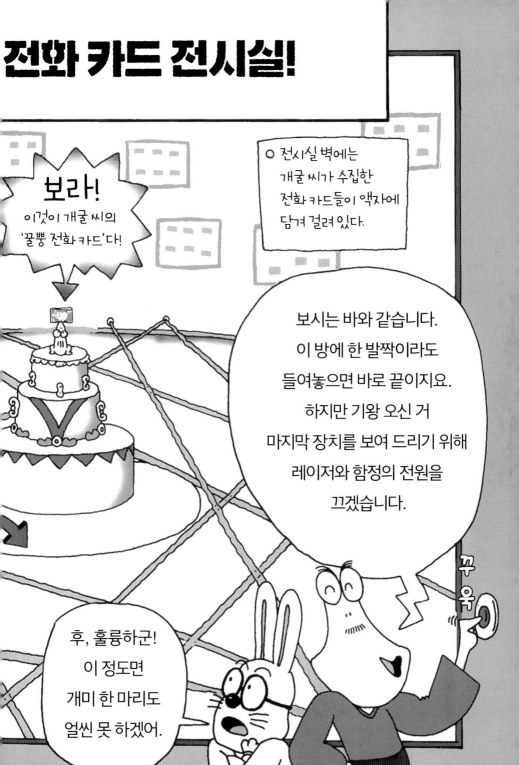

"이건 절대로 있을 수 없는 일이지만,
만약에 도둑이 '꿀빵 전화 카드'까지
왔다고 해 봅시다.
녀석들은 물론 전화 카드에 손을 뻗어
잡으려고 하겠죠.
그때입니다."

두근
두근

어떤
일이
벌어질까

21

"보시는 것처럼 무게를 감지한
바닥이 튀어 올라서
지붕을 통해 도둑들을
바깥으로 날려 버린답니다.

그러면 이 집에 몰래
숨어들려는 생각은
두 번 다시
할 수 없게 되죠.
하하하하하."

호되게 당한
조로리 일행은
하늘 높이
날아갔다가

숲속에 떨어졌습니다.

떨어진 곳은 바로

닌자 저택의 정원이었어요.
"니, 닌자 저택이라고?"
조로리 일행은 얼얼한
엉덩이를 문지르며
안내판을 읽었습니다.

닌자 저택에 오신 걸 환영합니다!
당신도 닌자가 될 수 있다!

스피드 코스

◉ 단 일주일 만에 당신을 닌자로
만들어 드립니다.
지금 가입하면 가입비가

공짜!

● 여러 가지 닌자 둔갑술을 간단하게
쓸 수 있는 멋진 코스입니다.
한번 체험해 보세요.

닌자 체력 단련 코스

◉ 닌자 둔갑술 수련으로 당신의 체력을 길러 보세요.
겨우 일주일, 눈 깜짝할 사이에 체력이 좋아집니다.
(닌자미용 코스도 있어요.)
이것도 지금 가입하면 가입비가

공짜!

● 열심히 연습하면 닌자 둔갑술을
빨리 익힐 수 있습니다.

수련 중에는 닌자저택에서 묵을 수 있습니다.

"정말
공짜일까?"
조로리가
중얼거리고
있을 때였어요.

27

"그려, 물론이랑께."
"지금, 서비스 체험 기간으로
신규 가입자의
가입비는 무료랑께."
닌자 저택에서 닌자 두 명이
튀어나왔습니다.

닌자

작은 닌자

큰 닌자

스피드 코스

⊛ 단 일주일 만에 당신을 닌자로
만들어 드립니다.
지금 가입하면 가입비가

공짜!

⊛ 여러 가지 닌자 둔갑술을 간단하게
쓸 수 있는 멋진 코스입니다.
한번 체험해 보세요.

"좋아! 공짜라면 좋지. 결정했어!
여기서 닌자가 되어서 한 번 더
개굴 씨 집에 숨어드는 거야.
반드시 '꿀빵 전화 카드'를
잘게 잘라 버리겠어!"
조로리 일행은 바로 '스피드 코스'에
등록했습니다.
"그럼 내일 아침부터 일주일 동안
확실하게 닌자로 만들어 드릴랑께.
기대해 주시라고!"

"자, 얼렁 정렬해 보셔."

닌자가 부르는 소리에 조로리 일행은

졸린 듯한 모습으로 밖으로 나왔어요.

"어라, 여러분, 우째 닌자 유니폼을

안 입고 있을까잉?"

"그런 걸 갖고 있을 리가 없잖아."

"엉? 닌자 유니폼을 입지 않으면
닌자 둔갑술은 가르칠 수 없는디."
"뭐, 뭐라구유? 그, 그럼
어떻게 해유?"
이시시가 묻자,
빰빠라밤!
팡파르가 울리고

갑자기 닌자 유니폼
패션쇼가
시작되었어요.

닌자 유니폼
한 벌에 단돈
삼십만 원

오랫동안
입어도
닳지 않는다.

어두운 데선
알아보기 힘든
검은 천이다.

지금 구입하면
이름과 초상화를
자수로 수놓아 준다.

울퉁불퉁한 암벽을
뛰어다녀도 다리가
피곤하지 않다.

반드시
한 벌은
갖고
싶을걸.

삑삑

이걸 입고
있으면
인기남이
된당께.

닌자 유니폼을 사지 않으면

둔갑술을 가르쳐 주지 않을

거라고 하니 어쩔 수 없네요.

조로리는 100개월 할부로 세 벌 값

구천 원을 냈습니다.

주머니

어떤 칼로도 찢을
수 없는 튼튼한
천으로 만들었다.
귀중품 주머니로도
사용할 수 있다.

휘리리릭

● 어린 친구들은 어렵겠지만
언젠가 도움이 될 용돈
기록장 적는 방법이다.

조로리 용돈 기록장

지금 가진 돈 23,000원	90만 원의 100개월 할부는 9,000원
닌자 유니폼 1벌 30만 원 3벌 90만 원	23,000원 - 9,000원
	잔액 14,000원

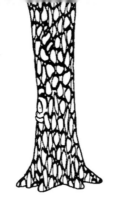

잠시 뒤, 셋은 닌자 유니폼으로
갈아입고 나왔어요.
그런데 닌자 선생님이 사라진 걸까요?
"선생님, 보세유. 닌자 유니폼을 입었어유.
얼른 둔갑술을 가르쳐 주세유."
노시시가 말하자 어디선가 목소리가 들려왔어요.

"후후후, 우리는 벌써
둔갑술을 쓰고 있는디.
어디에 있는지 알랑가?"
조로리 일행은 두리번두리번
주위를 둘러보았어요.

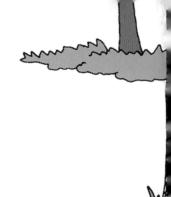

그때 슬며시 나무껍질이 벗겨지면서
닌자들이 나타났어요.
"워떠냐?"
"우와, 멋져유!"
셋이 눈을 크게 뜨고 쳐다보았어요.

"이건 보자기로 몸을 숨기는
'보자기 둔갑술'이지.

어려울 것 하나 없당께.
자, 여러분도 자신의
보자기로 몸을
숨겨 보도록 혀."
"엥? 그런 보자기
안 갖고 있어유."

이시시가 말하자
빰빠라밤!
팡파르가
또 울렸어요.

이번에는 작은 닌자가 보자기를 실은

마차를 끌고 나타났답니다.

여러분! 이 닌자 보자기 말이여,
나무와 바위와 철망 무늬에, 벽돌 무늬와 양탄자 무늬
두 가지를 단돈 십오만 원에 드려부러.
이걸로 숲속이든 도시든 어디서나 숨을 수 있당께!
숨바꼭질할 때도 쓸 수 있다고.
지금 사면 인기 있는 이 아기 돼지
무늬 보자기도 드린다고잉.

호오!

우아!

이 보자기가 없으면

둔갑술을 쓸 수 없다고 하니

어쩔 수 없지요.

조로리는 또 100개월 할부로

보자기 한 세트를 사서

셋이 나눠 쓰기로 했어요.

이봐, 엄청
싸게 파는 거랑께.
안 사면 손해 보는
거여, 조로리 씨.

지금 가진 돈
14,000원

닌자 보자기
1세트 15만 원

15만 원의
100개월 할부는
1,500원

14,000원
- 1,500원

잔액 12,500원

닌자 수련
둘째 날

이른 아침부터
수중 둔갑술
공부가
시작되었어요.

이 빨대만 있으면
적에게 들키지 않고
물속에서 몇 시간이라도
숨어 있을 수 있당께.

"여러분도 갖고 있는 닌자 빨대로

물속에서 따라해 보라고."

"이봐, 이봐. 우린 그런 거 안 갖고 있어."

조로리가 말하자

빰빠라밤!

팡파르 소리가 또 들리는 거예요.

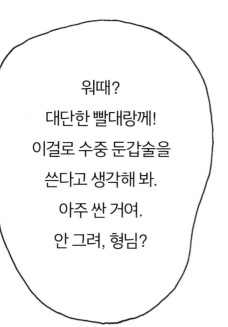

워때?
대단한 빨대랑께!
이걸로 수중 둔갑술을
쓴다고 생각해 봐.
아주 싼 거여.
안 그려, 형님?

수중 둔갑술도
배우고 싶은
조로리는
빨대를 하나만
사기로 했습니다.
물론 100개월
할부였지요.

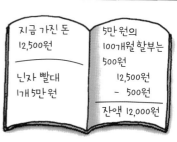

지금 가진 돈
12,500원

닌자 빨대
1개 5만 원

5만 원의
100개월 할부는
500원

12,500원
− 500원

잔액 12,000원

수중 둔갑술 연습이
끝나자 큰 닌자가
조로리 일행에게 말했습니다.
"그럼 내일은 연막탄과 마름쇠에 대해
공부할랑께. 기대하더라고!"
이 말을 들은 조로리가 말했어요.

"쳇, 내일도 뭔가 사라고 할 테지.

이래서는 돈이 아무리 많아도

모자랄 수밖에.

세상에 공짜는 없다더니

정말 그 말이 딱 맞네.

아무래도 더는 안 되겠어."

그날 밤, 조로리 일행은 몰래 숲속에 가서

　　　새벽녘까지 부스럭부스럭

　　　뭔가를 만들었어요.

닌자 수련

셋째 날

자, 어제 말한 것처럼 오늘은 마름쇠와 연막탄 공부여. 중요하니께 확실히 익히도록 혀.

마름쇠 사용법

● 쫓아오는 적에게 뿌린다. 이걸 밟은 적이 부상을 당한 사이에 도망가는 거다.

끝이 굽어 있어서 일단 찔리면 잘 안 빠진다.

아 야 야 야

뾰족한 끝이 약간 위쪽으로 휘어져 있다.

연막탄 사용법

● 땅에 던져 연기가 나면 적이 눈을 뜨지 못하는 사이에 도망간다.

으악

퍼엉

"바로 수련을 시작할랑께.
마름쇠와 연막탄을 사용할 것잉께
갖고 있는 사람은 꺼내 보셔."
"예!"
조로리 일행이 씩씩한 목소리로 대답하자
닌자들은 깜짝 놀랐어요.
"엥? 워째서 갖고 있는겨?"

"물론 갖고
있지.
어제 직접
만들었어."
조로리가
설명했어요.

조로리표 마름쇠

숲에서 주운
밤송이 껍데기

조로리표 연막탄

숲에서 주운 호두 껍데기 안에
모래와 방귀를 가득 넣어
만들었어요.

닌자 빨대를 이용하면
호두 속에 방귀를
담기 쉬워요.

뿌웅

호두

"효과는 같으니까 이것도 괜찮지?"

셋은 곧바로 마름쇠와 연막탄 연습을

시작했어요.

이봐유,
연막탄의
방귀 냄새가
닌자 유니폼에
배어서 안 없어져유.
비누는 없나유?

땀을 흠뻑
흘릴 정도로
열심히
연습을
한 뒤,
노시시가
말했어요.

그 말을 들은 닌자가 씨익 웃으며 말했어요.

"호오, 그거 큰일이구먼. 그럴 땐 이게 좋지."

빰빠라밤!

팡파르가 울려 퍼지고……

이제 조로리 일행에게는

칠천 원밖에 남지 않았어요.

"하지만 이제 가난도 안녕이라고.

이 전화 카드가 십억이 될 거니까. 히히."

조로리는 소중한 '꿀빵 전화 카드'를

어떤 칼로도 자를 수 없는

유니폼 주머니에 넣어 허리에 매달았어요.

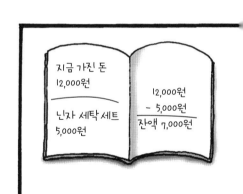

지금 가진 돈
12,000원
──────
닌자 세탁 세트
5,000원

12,000원
− 5,000원
──────
잔액 7,000원

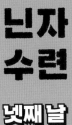

닌자
수련
넷째 날

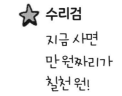

★ 수리검
지금 사면
만 원짜리가
칠천 원!

"자아, 이게 닌자라면
갖고 있어야 할
수리검이랑께.
이 녀석은 아무 데서나 파는
흔한 수리검과는 차원이 다르지.
잘 보라고."
그렇게 말하며 닌자는
수리검을 던졌습니다.

휘익, 휘익, 휘익.
수리검은 멋진 원을 그리며
조로리 일행의 눈앞을 스치듯이
날아갔어요.

그 순간, 조로리의 주머니가
싹둑 잘리고 말았습니다.
동시에 '꿀뽕 전화 카드'도 둘로 잘려
팔랑팔랑 땅에 떨어졌습니다.
"으, 으악! 이 주머니는 어떤 칼에도
잘리지 않는다고 했잖아!"

“그려, 그 점이 대단한겨.

절대로 잘리지 않는다고 한 것까지

잘라 버리는 수리검이라고.”

조로리에게 닌자의 이야기는

들리지 않았어요.

“우앙!”

조로리는 둘로 잘린 전화 카드를 들고

닌자 저택으로 뛰어갔습니다.

"조로리 사부님, 이 수리검 엄청 잘 잘려유.
남은 돈으로 수리검을 한 개 사 버렸어유."
이시시와 노시시는 신이 나 돌아왔어요.
"이 멍청이들아, 이걸 좀 봐! 그 수리검 때문에
이렇게 됐잖아! 이 몸의 '꿀빵 전화 카드'가
완전히 두 동강이 났다고.
십억의 가치도 없어졌단 말이다!"

"에엣! 그, 그럼 이제 피자 한 조각도
못 먹게 된 거네유."

 "어, 어떡해유. 조로리 사부님!"

조로리는 벌떡 일어서며 이렇게 말했어요.

"이것으로 개굴 씨의 전화 카드 가치가

십억으로 치솟았다.

무슨 수를 써서라도 그걸

손에 넣어야 돼!"

"하지만 아직 닌자 수련이 남았는데유."

이시시가 묻자 조로리가 말했어요.

"이봐! 너희가 수리검을 사느라

마지막 남은 칠천 원을 모두 써 버렸지?

이제 우린 한 푼도 없어.

여기 있어 봤자

닌자 도구를 사지 못하면

닌자 둔갑술도 배울 수 없다고.

이곳에 더 남아 있는 건

아무 소용없다.

남은 할부금은 떼어먹고

오늘 밤 도망가는 거다."

지금 가진 돈		
7,000원		7,000원
		-7,000원
수리검 1개		
7,000원		잔액 0원

그날 밤 조로리 일행은 살금살금
닌자 저택을 빠져나왔어요.
그리고 곧장 개굴 씨의 정원에
숨어들었어요.
여러분도 알다시피
정원에 들어서면 피라냐개가
무서운 이빨을 드러내며
쫓아온답니다.

하지만
조로리 일행은
전혀
당황하지
않고,

털썩

직접 만든 연막탄을 던졌습니다.

으악, 지독한 냄새!

연막탄이 터지자 피라냐개들은

하나둘 쓰러졌습니다.

"자, 바로 지금이야!"

조로리 일행은 문을 열어젖히고

집 안으로 들어갔습니다.

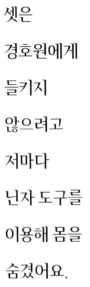

셋은
경호원에게
들키지
않으려고
저마다
닌자 도구를
이용해 몸을
숨겼어요.

• 어디에 숨었는지
다들 찾았나요?

둔갑술을
이용해서
방을 무사히
지나갔지요.
그리고

'꿀뽕 전화 카드'가 있는
방에 바로 도착했습니다.
문을 열자 방 한가운데 전화 카드가
반짝이고 있었어요.
그걸 본 노시시는
"우와! 십억이다!"
라고 소리치며 엉겁결에 그만 방으로
들어서고 말았습니다.

그러자
레이저 광선이
노시시의 주머니를
꿰뚫어
밤송이 마름쇠가
좌르르 쏟아졌어요.
"꺄악!"
노시시가 머리를 감싸 쥐고
몸을 웅크리려 할 때였어요.

바닥에 쩌억 하고 구멍이 생기며
함정 문이 열렸습니다.
밤송이 마름쇠와 노시시가 구멍에
빠지려는 순간이었어요.
"으아악! 살려 줘유!"
노시시가 비명을 질렀어요.

위기의 순간!
노시시가 뻗은 팔을
조로리가 잡고,
조로리의 허리를
이시시가 붙잡아
있는 힘을 다해
버텼습니다.
"여엉차!"

안심한 것도 잠시,

셋은 사이좋게 딱 달라붙어

함정으로 빨려 들어가고 말았답니다.

게다가 함정 바닥에는 더욱 무서운 것이

있었습니다.

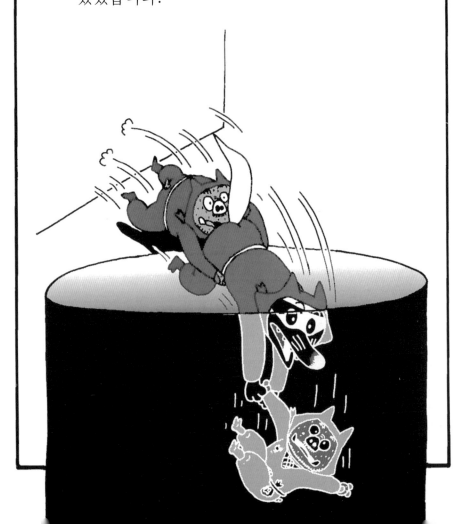

아야야야!
아악,
따가워!

밤송이가
노시시의
엉덩이를
찔렀어요.
노시시는
너무 아파서
함정에서
튀어 올랐어요.

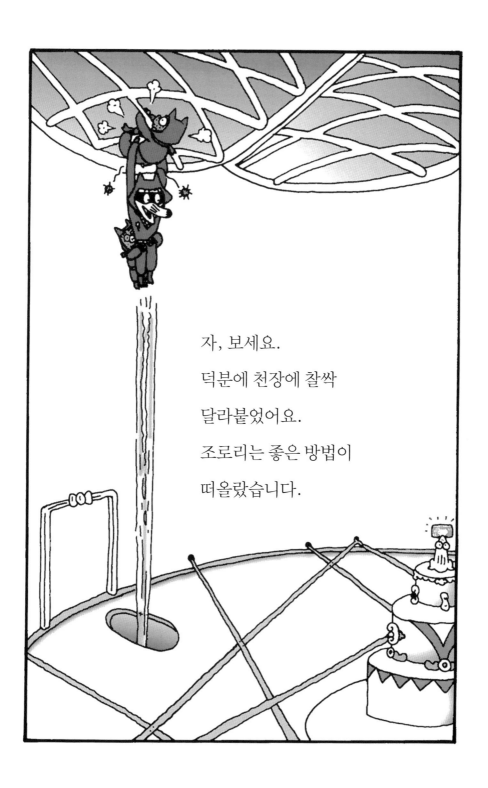

자, 보세요.

덕분에 천장에 찰싹

달라붙었어요.

조로리는 좋은 방법이

떠올랐습니다.

먼저 수리검에 빨랫줄을 묶어
반대쪽 벽에 던졌습니다.
그런 다음 빨랫줄 끝을
천장에 단단히 묶으면 준비 끝!

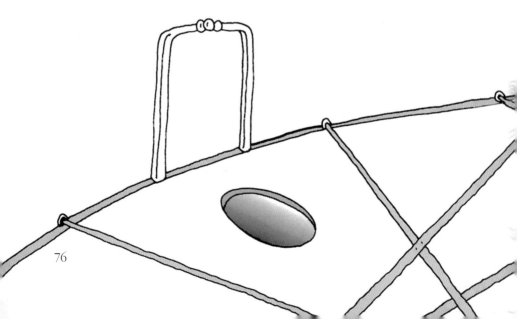

바로 빨랫줄을 이용해

'꿀뿡 전화 카드'를 위에서

낚아채려는 작전이에요.

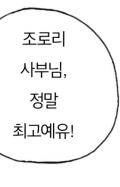

조로리
사부님,
정말
최고예유!

카드 위쪽에는
레이저 광선이나 함정이 없으니
방해받지 않고
카드를 손쉽게 얻을 수 있다는 걸
안 거지요.

이시시가
전화 카드를
잡았을
때였습니다.
빨래집게가
무게를
견디지 못해
노시시의 귀가
쑤욱, 투둑 하고
빠져 버렸습니다.

맞아요! 바닥이 튀어올라 조로리 일행을

지붕 밖으로 내던져 버렸답니다.

하지만 모두 싱글벙글.

왜냐하면 이시시가

'꿀빵 전화 카드'를 손에 꽉 쥐고

있었기 때문이지요.

닌자 저택이었어요.

거기엔 닌자 둘이 아침부터

조로리 일행을 찾고 있었어요.

"앗, 조로리잖여.

너희들 할부금 떼어먹고

도망간 줄 알았당께."

"헤헤헤. 착하디 착한 조로리 님이
그럴 리가 있습니까?
내일이라도 할부금에 이자까지 더해서
모두 갚겠습니다!"
십억짜리 전화 카드를 손에 넣은
조로리는 날아갈 듯이 기분이 좋았어요.

"이봐, 이시시. 이래저래 신세 진
닌자 두 분께 감사의 표시로
네가 먹고 싶다던 피자를 종류별로
모두 주문하고 와.
콜라도 시키고!"

예예!

허걱!

느낌이
안 좋아.

이시시는 그토록 바라던
피자를 주문하기 위해
공중전화를 찾아
번개처럼 쌩 하고
뛰어갔습니다.
"히히히. '꿀뿡 전화 카드'만
있으면…….
엥, 노시시, 전화 카드는?"
"아직 이시시가 갖고
있는데유."

으악!

조로리가
서둘러
이시시를
따라갔지만,

이미 피자 주문을 끝낸 이시시가
'꿀빵 전화 카드'를 공중전화에서
꺼내고 있었어요.

아무리 십억짜리 전화 카드라도 사용해

버리면 그저 평범한 전화 카드일 뿐이지요.

꿈이 산산조각 난 조로리 일행은

다시 땡전 한 푼 없는 신세가 되었습니다.

주문한 피자 값을 낼 수도 없었지요.

닌자 둘이 피자를 받고 있는 사이

조로리 일행은 닌자
보자기로 몸을 가리고
살금살금 도망쳤어요.

쉬잇!
눈치채지 못하게
얼른 여기서
도망치는 거다!

피자가,
피자가!

하라 선생님의 축하 인사말

한국 어린이 여러분, 안녕하세요.

《장난천재 쾌걸 조로리 시리즈》작가 하라 유타카입니다.

저는 어린이들이 계속 보고 싶어 하는

재미있는 책을 만들고 싶어서《장난천재 쾌걸 조로리》를

쓰기 시작했습니다.

일본에서는 책읽기를 싫어하던 어린이들도 이 책을 읽은 후부터

다른 책도 읽게 되었다고 합니다.

한국 친구들도 꼭 재미있게 읽어 주면 좋겠습니다. 잘 부탁해요.

글쓴이 소개

하라 유타카 (原ゆたか)

1953년 구마모토 현에서 태어났다.

1974년 KFS콘테스트 고단샤 아동도서부문상 수상.

주요 작품으로는《자그마한 숲》,《마탄은 마사오군》,《장갑 로켓의 우주 탐험》,《나의 보물
나막신》,《푸우의 심부름》,《내 것도 아빠 것처럼 되는 걸까?》,《시금치맨》시리즈 등이 있다.

옮긴이 소개

김수정 (金洙政)

한림대학교에서 물리학을 공부하고 일본 고베대학교 대학원에서
종합인간과학연구과 연구생 과정을 마쳤다.

어린이들이 재미있게 읽을 수 있는 책을 꾸준히 기획, 번역하고 있다.

옮긴 책으로는《고양이가 된 하루코》등이 있다.

글·그림 하라 유타카
옮김 김수정

개정판 1쇄 인쇄 2024년 12월 1일
개정판 1쇄 발행 2024년 12월 11일

펴낸이 김영곤 **펴낸곳** (주)북이십일 을파소
기획편집 이장건 김의헌 박예진 박고은 서문혜진 김혜지 이지현
아동마케팅 장철용 양슬기 명인수 손용우 최윤아 송혜수 이주은
영업 변유경 김영남 강경남 황성진 김도연 권채영 전연우 최유성
해외기획 최연순 소은선 홍희정
디자인 한성미 **제작** 이영민 권경민

출판등록 2000년 5월 6일 제406-2003-061호
주소 (우 10881) 경기도 파주시 회동길 201(문발동)
연락처 031-955-2100(대표) 031-955-2109(기획편집)
팩스 031-955-2122 **홈페이지** www.book21.com

ISBN 979-11-7117-738-7 74830
ISBN 979-11-7117-605-2 (세트)

다양한 SNS 채널에서 아울북과 을파소의 더 많은 이야기를 만나세요.

인스타그램
@owlbook21

페이스북
@owlbook21

네이버카페
owlbook21

네이버포스트
아울북 ond 을파소

• 제조자명 : (주)북이십일
• 주소 및 전화번호 : 경기도 파주시 회동길 201(문발동) / 031-955-2100
• 제조연월 : 2024.12.
• 제조국명 : 대한민국
• 사용연령 : 8세 이상 어린이 제품

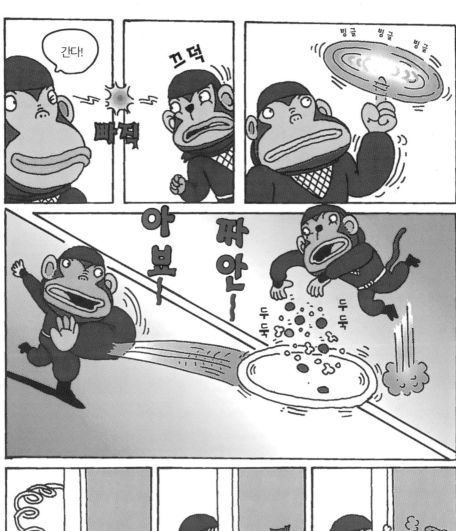